閱讀123

國家圖書館出版品預行編目資料

南柯一夢／謝武彰 文；葉祐嘉 圖；
-- 第二版. -- 臺北市：親子天下, 2019.07
97面；14.8×21公分. --（閱讀123）

ISBN 978-957-503-442-9（平裝）

863.59 108009262

閱讀 123 系列 032

南柯一夢

作者｜謝武彰
繪者｜葉祐嘉
責任編輯｜黃雅妮
美術設計｜蕭雅慧

發行人｜殷允芃
創辦人兼執行長｜何琦瑜
副總經理｜林彥傑
總監｜黃雅妮
版權專員｜何晨瑋、黃微真

出版者｜親子天下股份有限公司
地址｜台北市 104 建國北路一段 96 號 4 樓
電話｜（02）2509-2800 傳真｜（02）2509-2462
網址｜ www.parenting.com.tw
讀者服務專線｜（02）2662-0332 週一～週五：09:00~17:30
讀者服務傳真｜（02）2662-6048 客服信箱｜ bill@cw.com.tw
法律顧問｜台英國際商務法律事務所．羅明通律師
製版印刷｜中原造像股份有限公司
總經銷｜大和圖書有限公司 電話：（02）8990-2588

出版日期｜ 2012 年 1 月第一版第一次印行
2021 年 5 月第二版第二次印行
定價｜ 260 元
書號｜ BKKCD128P
ISBN ｜ 978-957-503-442-9（平裝）

南柯一夢

文 謝武彰 圖 葉祐嘉

淳于棼是山東東平人，長大以後到長江中、下游一帶遊歷。

淳于棼性情豪爽，喜歡喝酒，不拘小節、很講義氣，就像一個俠客。

他平常勤練武術，不但養了一批勇士，還到處行俠仗義。

淳于棼的武功高強，曾經擔任淮南軍節度使副將。

有一天，他因為酒後鬧事，得罪了主將，而被趕出軍隊，從此以後就四處漂泊。

由於心情不好，淳于棼常常喝上幾杯，什麼正事也不做。

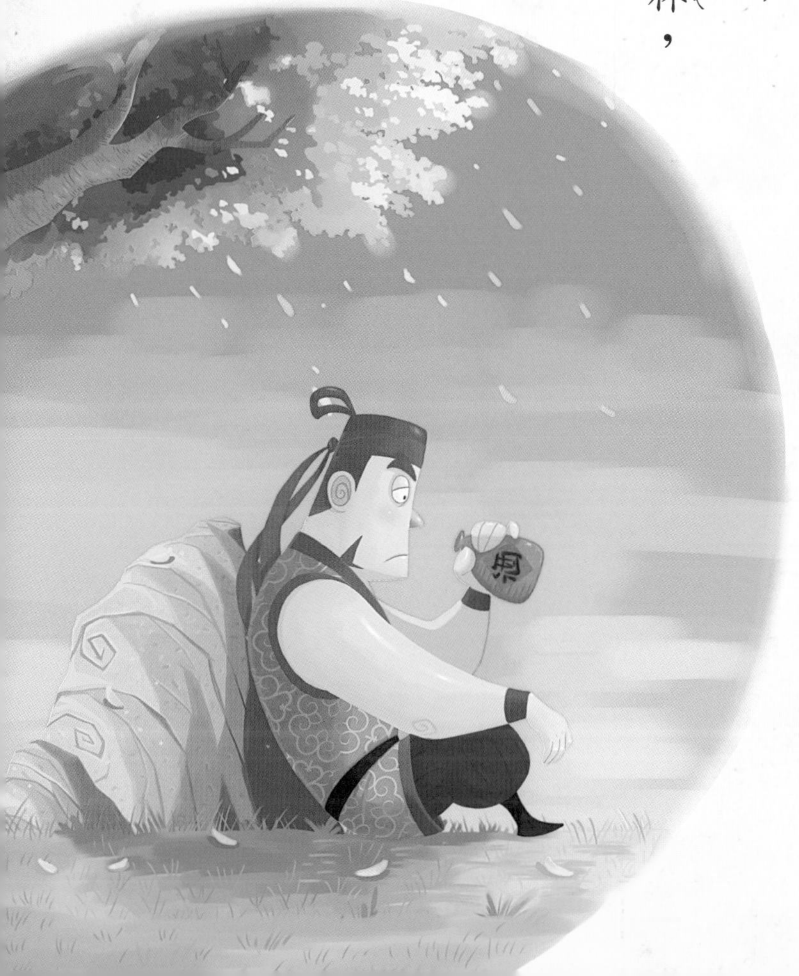

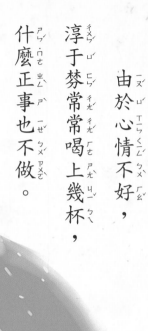

後來，淳于棼在廣陵郡城東十里的地方，把家安頓下來。

淳于棼家附近，有一棵古槐樹。古槐樹長得又高又大，枝葉茂密，光是樹蔭就有好幾畝。

淳于棼常常和俠客們，在樹蔭底下喝酒、談天，日子過得很舒服。

這一天，淳于棼又和幾個朋友在老槐樹下高高興興的喝酒。由於喝了不少，醉得什麼都不認得了。

兩個朋友趕快把他背回家，讓他躺在堂屋東側的房間裡休息。這時候，朋友輕聲對他說：

「你好好睡一覺，我們先洗洗手腳、餵餵馬匹，等你稍微好一點了，我們再離開。」

淳于棼躺在枕頭上，整個人昏昏沉沉的，好像清醒著、又好像睡著了，漸漸的進入了夢鄉……

這時候，兩位穿著紫色衣服的使者，來到淳于棼面前下跪行禮，說：

「大槐安國國王派遣小臣，前來邀請大人前往敝國。」

說也奇怪，淳于棼聽了以後，竟然就起身下床、穿好衣服，隨著使者走出了家門。

他看見一輛由四匹馬拉著的馬車。紫衣使者領著淳于棼來到馬車旁，小心的

扶著他上車，馬車就朝著古槐樹不停的奔跑。

原來，那棵古槐樹下有一個洞穴……

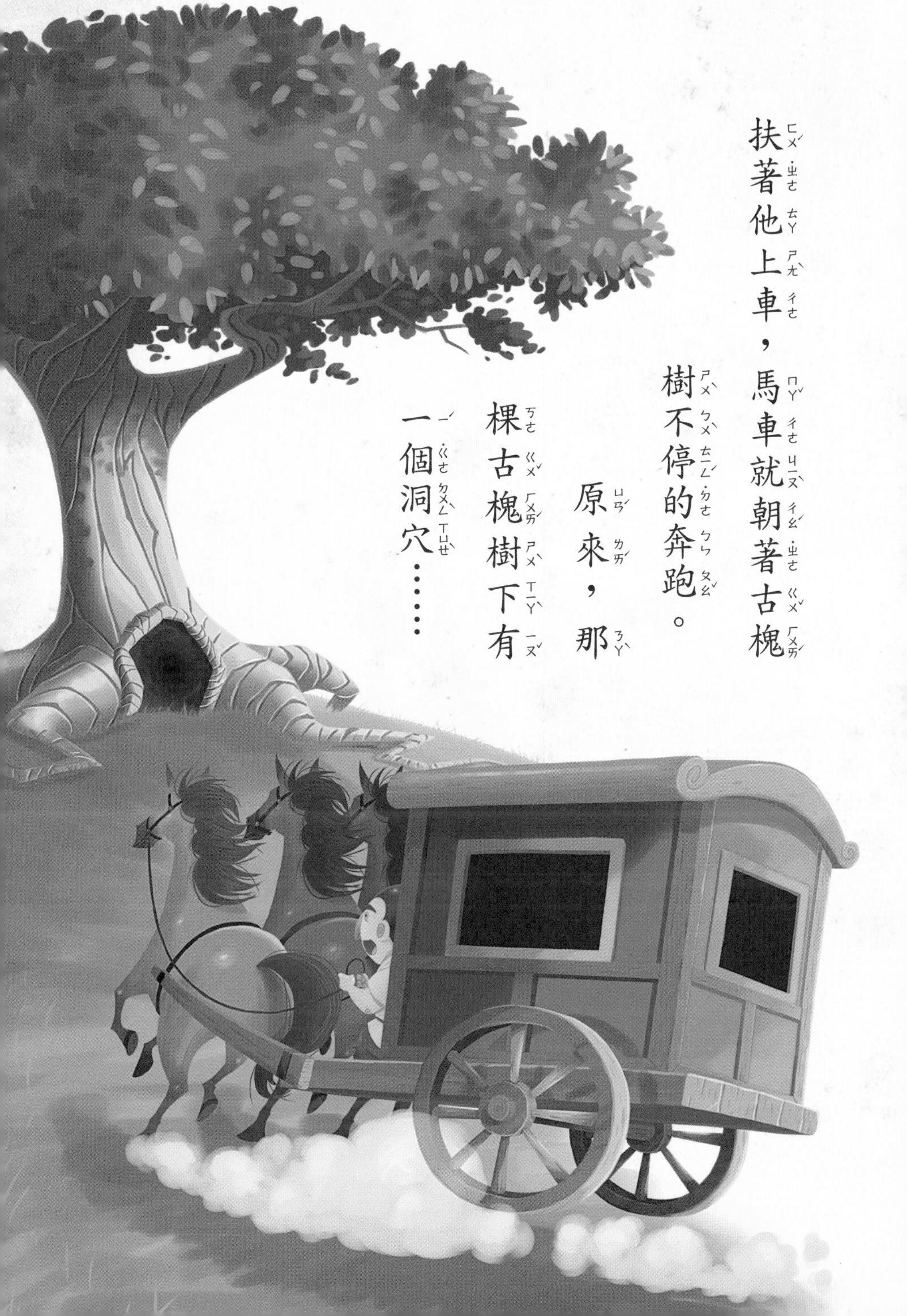

馬車通過了槐樹洞口，繼續向前奔跑。

淳于棼愈想愈奇怪。雖然，他有一些擔心；但是，又不敢開口問使者。

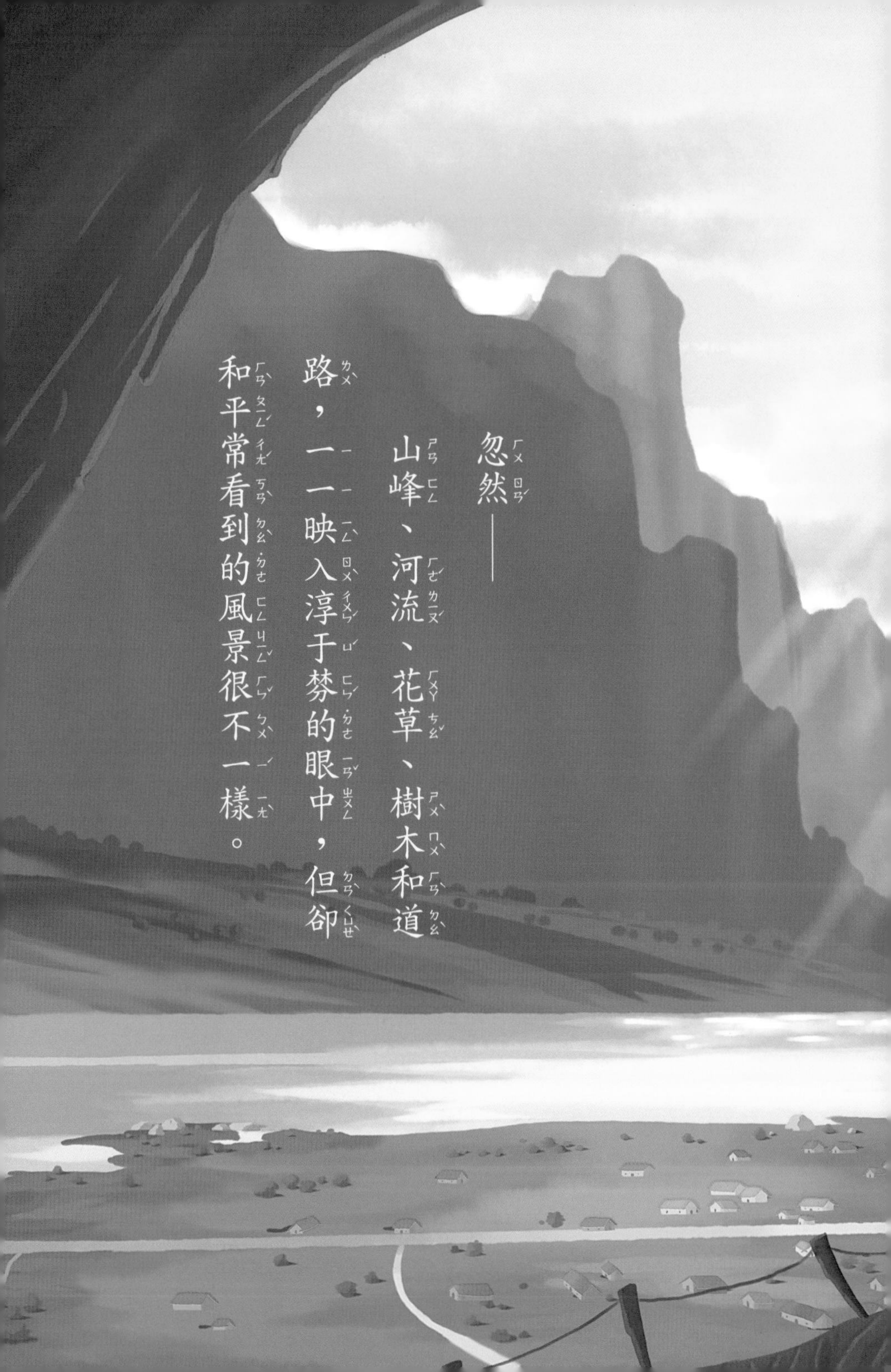

忽然——

山峰、河流、花草、樹木和道路，一一映入淳于棼的眼中，但卻和平常看到的風景很不一樣。

馬車又跑了幾十里路，淳于棼看到了高高的城牆。

馬路上有來來往往的行人、轎子和馬車。

這時候，負責駕車的車夫和八位侍從，高聲而威風的吆喝著：

「讓路，大家趕快讓路！」

馬路上的行人、轎子和馬車，聽到了吆喝聲，全都趕快避開，停在馬路兩旁，讓淳于棼的馬車先通過。

馬車來到一座大城前面，淳于棼看到了紅色的城門、華麗高聳的城樓。城樓上，用金色的大字寫著——大槐安國。

馬車來到城門的時候，守衛趕快向前行禮、開門迎接。

大槐安國

接著，一個侍從騎著馬趕來，高聲宣讀了國王的命令：

「大王有令，駙馬從很遠的地方來到我國，請先到東華館休息。」

淳于棼覺得奇怪，我怎麼會變成大槐安國的駙馬呢？但是，現在好像也很難問個明白，更難

回頭了。

侍從在前面帶路，領著淳于棼的馬車前進。過了一會兒，馬車來到一扇敞開著的大門前。

侍從恭敬的請淳于棼下車，領著他進了大門……

淳于棼看到一座雕梁畫棟的房子，房子前面有一座花園。花園裡有美麗的花草，還有一排一排珍奇的果樹。

淳于棼又看到院子裡擺著桌椅和

茶几，上面鋪著桌巾和椅墊，桌子上擺滿了豐盛的食物。院子四周，還掛著美麗的簾子和紗帳。

淳于棼從來沒有看過這麼華麗的房子、高貴的擺設和精美的食物，他愈看愈喜歡、愈看愈高興。

這時候，淳于棼聽到侍從高聲喊著：

「右丞相駕到——」

淳于棼趕快走下臺階，恭恭敬敬的迎接右丞相。

一會兒，他看見一位穿著紫色朝服、拿著象牙手版的官員，快步來到淳于棼面前。兩人恭敬的行了見面禮以後，右丞相對淳于棼說：

「我國位置遙遠偏僻，能夠恭迎先生並且結成親戚，陛下和我們都覺得非常光榮。」

淳于棼聽了很不安，趕快回答右丞相說：

「我是一個卑賤的人，哪敢有什麼奢望呢？」

右丞相聽了，說：「先生太謙虛了，現在就帶先生去拜見國王。」

於是，右丞相就領著淳于棼，走進一個寬敞的紅色大門。有好幾百名官兵，拿著刀、槍和斧、戟，遠遠的分站在兩旁。

淳于棼邊走邊看。忽然，他看到平時最要好的酒友周弁，也在隊伍裡。能

在大槐安國看到老朋友，淳于棼當然很高興，但是他卻不敢向前去問候。

右丞相領著淳于棼走上臺階，進入了宏偉的大殿。

淳于棼看到大殿的寶座上，坐著一位身材高大、面貌端正威嚴，身上穿著白絲綢服裝的人，頭上還

戴著華麗的紅色王冠。

淳于棼被大殿的氣氛嚇住了，他的身體輕輕的顫抖著，侍從要他向國王行跪拜禮。

國王看了看淳于棼，對他說：

「朕曾經接到你父親的消息，他不嫌棄我們是個小國，同意你娶我的二公主瑤芳。」

淳于棼伏在地上聽著，不敢說一句話。

國王接著說：

「你先到國賓館休息，等準備妥當了，就儘快辦喜事吧！」

國王說完，命令右丞相送淳于棼回到國賓館休息。

淳于棼在國賓館休息的時候，回想著剛才國王說的話。

淳于棼的父親是鎮守邊界的將軍，作戰的時候失蹤了。怎麼會從北方寫信到大槐安國，和國王商量這樁婚事呢？

淳于棼怎麼都想不通，這到底是怎麼一回事呢？

這一天晚上，大槐安國為公主和淳于棼舉行了皇家婚禮。

儀仗隊、馬車隊、樂隊、歌詠隊和舞蹈團齊聚一堂，盛大而隆重。加上綾羅綢緞、金銀珠寶、羔羊雁鵝、各式各樣的禮物和豐盛的喜宴，令人眼花撩亂，更增添了婚禮的喜氣和歡樂。

這時候，來了三個衣著華麗、風度翩翩的人，向前拜見淳于棼說：

「我們奉命擔任駙馬的儐相。」

淳于棼仔細一看，其中有一個人竟然是他的老朋友。淳于棼驚訝的說：

「你不就是……住在馮翊的田子華嗎？」

對方回答說：

「是呀！我就是田子華。」

淳于棼走向田子華，兩人緊緊握著手，說了好多話。接著，他問田子華說：

「你怎麼會到大槐安國來呢？」

田子華回答：「我到處遊蕩，不知道該做些什麼才好。後來，得到右丞相武成侯段公的幫助和提拔，才能有一個安身的地方。」

淳于棼聽了點點頭，接著問：

「我看到周弁也在這裡，你知道嗎？」

田子華回答他說：

「他現在是當紅的貴人，負責保衛和治安，權勢非常大。我有好幾次都因為他的關照，才能平安度過難關。」

淳于棼和田子華很久沒有見面了。現在能在他鄉相逢，兩個人都有說不完的話。

過了一會兒，宮殿裡高聲傳呼著：

「請駙馬準備進行結婚大典——」

三位儐相聽了，立刻換上禮服、配上寶劍。田子華對淳于棼說：

「真沒想到今天能參加你的結婚大典，將來不要忘了提拔我呀！」

淳于棼笑著對田子華點點頭。

接著，幾十個仙女般的樂團，演奏著悠揚婉轉、曲調優美的音樂，人間哪能聽得到呢？

淳于棼乘著華麗的車子，前面有好幾十個人，有的提燈籠、有的拿火把引路。道路兩旁，裝飾著精緻的屏風。

淳于棼坐在車子裡，看著這華麗而莊嚴的排場，愈看愈覺得恍惚、愈看愈覺得不實在，好像在夢裡一樣。

幸好，田子華隨著車子前進，他不停的說說笑笑，才使淳于棼覺

得好過一些。

迎親隊伍一路來到一座大門，大門上題著——修儀宮。

這時候，儐相請淳于棼下車，大家領著淳于棼走進了宮裡。

修儀宮金碧輝煌，婚禮的儀式也莊嚴而隆重。就像民間的婚禮，淳于棼和新娘進行了拜天地、拜祖先、拜父母和夫妻對拜的儀式。

婚禮熱熱鬧鬧的結束了，大家高高興興的把新人送進了洞房。

淳于棼既緊張又興奮，他輕輕的掀開新娘的頭紗，啊——新娘大約十四、五歲，美得像仙女一樣，她就是「金枝公主」。

淳于棼和金枝公主結婚以後，展開了新的生活。

他們的感情愈來愈好、愈來愈深。而淳于棼得到的恩寵，也一天比一天多了。

淳于棼乘坐的車子、轎子和馬匹，宴會、侍從和僕人，遊山、玩水等活動，待遇只比國王低一些而已。真可以說是一人之下、萬人之上。

這一天，國王率領著淳于棼和大臣們，來到龜靈山打獵。

淳于棼看到高聳的山峰、茂密的林木、清澈的溪流、翠綠的草地和肥沃的土地。各種飛禽和野獸，飛翔著、跳躍著、奔跑著。淳于棼率領的隊伍，捉到了很多鳥獸。

天黑了，國王才率領著隊伍回宮。

過了一些日子，淳于棼對國王說：

「小臣新婚的時候，曾經聽大王提起家父的消息。說他擔任邊防將領，由於戰敗被俘虜了。十八年來，沒有家父的一點消息。大王既然知道他在哪裡，請讓我去探望他好嗎？」

奇怪的是，國王聽了以後，卻回答淳于棼說：

「親家在北方，我們一直有書信往來，你只要寫一封信去問安、報告近況就行了。到邊境的路途遙遠又危險，你就不必親自去了。」

淳于棼只好聽從國王的命令。

這一天，淳于棼請金枝公主準備了貴重的禮物，並且寫了一封信，請國王代送給父親。

沒想到幾天以後，淳于棼就收到了父親的回信。他仔仔細細的把信看了又看，信上的字跡真的是父親的。

信上寫著對淳于棼的思念，還要求他要孝敬岳父和岳母，情意很深，非常感人。

信裡也問起親戚和家鄉的情形，又說兩地相隔遙遠，路途又驚險，想見一面非常不容易。父親深深表達了難過的心情，並且說將來一定會見面的，要淳于棼不必去探望他。

淳于棼捧著父親的信，讀著、讀著，就掉下了眼淚……

過了一些日子，金枝公主問淳于棼，說：

「你想不想當官呢？」

淳于棼聽了，回公主說：

「我懶散慣了，哪還會想這些事呢？」

金枝公主接著說：

「夫君儘管放心，我一

定會盡力幫助你的。」

淳于棼想，既然已經和金枝公主結婚了，總不能再這樣懶散下去，應該趕快找些事來做，於是就點頭答應了。

第二天，國王召見了淳于棼，說：

「我國的南柯郡政務辦得很不理想，原來的太守已經被免職。我想借重你的才能，委屈你來擔任新的太守，你就和金枝公主一起去吧！」

於是，淳于棼恭敬的接受了國王的任命。

宮裡忙著準備金銀珠寶、綾羅綢緞和各種物品。

侍從、侍女、僕人和車馬，長長的大隊人馬，隨著淳于棼和金枝公主，出發前往南柯郡。

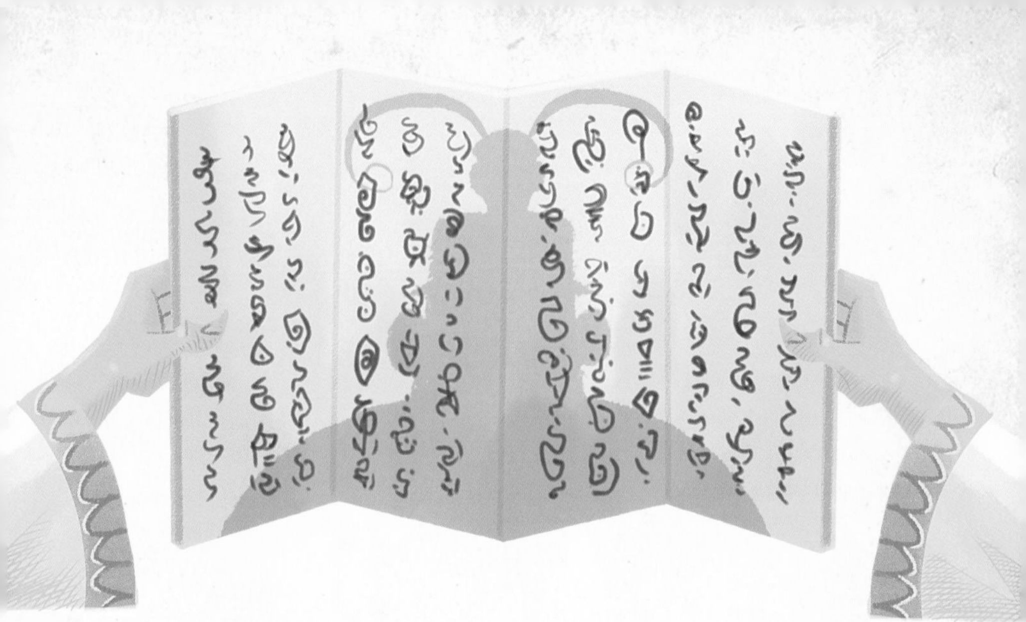

淳于棼年輕的時候，在江湖上闖蕩，到處行俠仗義，根本沒有當官的念頭。如今就要擔任一個大郡的長官，他既高興又擔心。

他上表國王說：

「小臣是武將的後代，沒有當官的經歷和修養。我擔心自己不能勝任，想聘請有才能的人來幫助我。穎州的周弁忠誠剛直、奉公守法，馮翊的田子華清廉機智。他們與小臣有十年的交情，可以協助辦理南柯郡的治安和農業。」

國王聽了，立刻同意了淳于棼的請求。

這一天晚上，國王、皇后和大臣，在京城南郊為金枝公主和淳于

棼，舉行盛大的歡送儀式。

國王告訴淳于棼說：

「南柯郡是我國的大郡，土地肥沃、人口眾多、物產豐富。如果沒有好的政策，是很難治理的。現在有周弁和田子華協助你，希望你能做出一番成績來，不要辜負我對你的期望。」

皇后也對金枝公主說：

「駙馬個性剛強又喜歡喝酒，當妻子的要溫和、體貼。只要你們能好好相處，我就沒有什麼好擔心的了。南柯郡雖然不是很遠，但是不能常常見面，我是愈想愈傷心啊！」

淳于棼和金枝公主，拜別了國王和皇后，就出發前往南柯郡。

一路上，兩人說說笑笑，心情非常愉快。第二天晚上，淳于棼的車隊來到南柯郡郊外。南柯郡的官吏、僧人和仕紳，帶著樂隊、馬匹、侍衛和太守專車，浩浩蕩蕩的出城來，迎接金枝公主和新任的太

守淳于棼。大家行了見面禮，鑼鼓喧天，場面熱鬧而盛大。

隊伍綿延了十幾里路長，向著南柯郡城前進。

過了不久，遠遠就看見雄偉而典雅的城牆、樓臺和廟宇。淳于棼看了，心裡非常高興。

長長的隊伍進了城門，城門上有一方匾額，匾額上金色的大字寫著：南柯郡城。

隊伍進了南柯郡城，來到一座有著紅色門窗的高大房子前，旁邊有一排高聳整齊的房子，看起來非常威嚴，這裡就是南柯郡衙門。

接著，一行人忙著安頓下來。

衙門

淳于棼上任以後，常常下鄉探訪百姓，慰問獨居老人和寡婦，並且照顧孤兒。把百姓的問題，當作自己的問題；把百姓的痛苦，當作自己的痛苦。

淳于棼對郡裡的事非常用心，加上金枝公主、周弁和田子華的協助，南柯郡百姓的生活有了很大的改善。

時間過得很快，二十年過去了。南柯郡的民風愈來愈純樸，百姓的生活也愈來愈好。

南柯郡的百姓非常感激淳于棼，有的寫歌謠來讚頌他，有的為他立碑，甚至為他蓋廟、立塑像，來表示崇敬和感激。

淳于棼治理南柯郡，交出了漂亮的成績單，大槐安國國王非常滿意。

國王除了賞封地、賜食邑和爵位，還任命淳于棼擔任宰相。周弁和田子華，也因為協助淳于棼治理南柯郡，一再的升官。

淳于棼和金枝公主，生了五男二女。兒子都擔任了官職，女兒也都嫁給了皇親國戚。

淳于棼一家享有無比的榮耀，成為地位最顯赫、最令人羨慕的家族。

但是，好景不常……

這一年，檀蘿國突然出兵攻打南柯郡。大槐安國王命令淳于棼選派將領、調集軍隊，出兵征討檀蘿國。於是，淳于棼就任命周弁為將軍，率領三萬精兵，迅速抵達瑤臺城，抵抗入侵的敵軍。

然而，周弁由於太過自信和輕敵，吃了大敗仗、全軍覆沒了。他利用夜色的掩護，逃回了南柯郡城。

敵軍搜刮了車輛、馬匹和盔甲，得意洋洋的收兵回國了。

淳于棼看著戰果，震驚得說不出話來。他立刻下令收押周弁，並且立刻向國王請罪。

然而，國王不但沒有怪罪任何人，還把

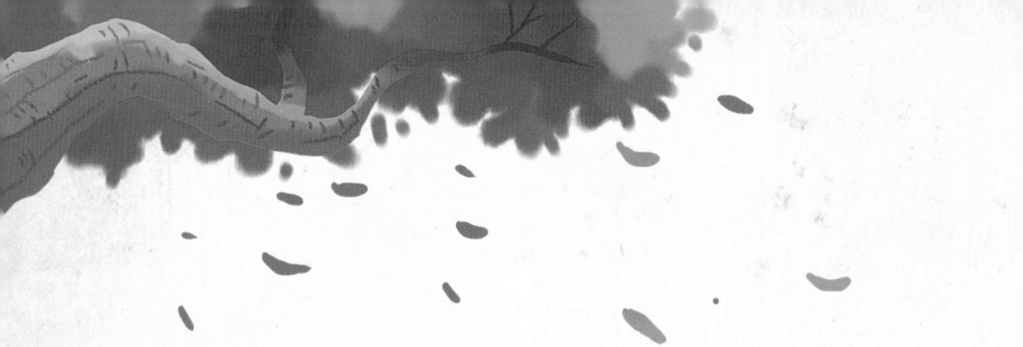

大家都赦免了。

經過了這一場戰爭，淳于棼的好運氣，好像漸漸走到了盡頭。

這一個月，周弁不但吃了大敗仗，而且還生了重病，最後竟然過世了。

更禍不單行的是，金枝公主突然生了重病，連醫術最高明的醫生也搖頭嘆氣……

不到十天，金枝公主竟然也病死了。

淳于棼非常悲痛，立刻辭去南柯郡太守的職務，護送金枝公主的遺體回京城。

國王雖然很傷心，但還是勉強同意了，並且派田子華暫時代理太守的職務。

淳于棼帶領著隊伍，從南柯郡城出發，護送的儀仗隊排列在道路兩旁，各級官員沿路祭拜。百姓有的站在路旁哭泣、有的拉住車子、有的圍住道路，大家都捨不得淳于棼離開……

淳于棼帶領車隊，朝著京城前進。車隊來到京城郊外的時候，淳于棼看到國王和皇后穿著素衣，想必很早就來等候了。國王封金枝公主為「順儀公主」，並且舉行了隆重的喪禮，把她安葬在盤龍崗。

淳于棼辦好了妻子的後事，心情也漸漸平靜了，他就在京城裡住了下來。

淳于棼擔任南柯郡太守的時候，和京城裡的王公貴族、富豪世家，建立非常好的交情。現在，淳于棼除了和他們來往得更密切，也認識了許多新朋友。他的門前車馬

不停的來來去去，聲望愈來愈高，影響力也愈來愈大。

這些情形看在國王眼裡，非常擔心，也開始對淳于棼起了疑心……

這時候，有大臣上奏國王，朝廷中將會發生大事，國家也快要發生大災難了。京城裡流傳

著——淳于棼就要造反了！

國王覺得國家已經面臨了大災難，於是，他就先下手為強，立刻撤換了淳于棼的警衛，更禁止他帶領侍從外出。

淳于棼被軟禁了！

淳于棼好像從雲端掉到了地面，他的心情非常惡劣，整天不停的嘆著氣。

雖然，國王懷疑淳于棼；但是，他畢竟是自己的女婿。於是他安慰淳于棼說：

「我們結為姻親已經二十幾年了，我的女兒不幸早死，你們不能白頭偕老，真是令人悲傷啊！你離開故鄉也很多年了，應該回去看看親戚朋友。孩子們就暫時留在這裡，我會好好照顧他們。三年以後，我再派人去接你回來。」

淳于棼聽了，非常訝異的說：

「這裡就是我的家啊！要我回哪裡去呢？」

國王笑著說：

「你本來就屬於人世間，你的家並不是在這裡。」

淳于棼聽國王這麼說，好像一個昏睡了很久的人，突然驚醒過來。他回憶往事，忍不住流下了眼淚。

這一天，淳于棼拜別了國王和皇后，準備回故鄉，國王派了親信護送他。

從前的那兩個紫衣使者，陪著淳于棼走出王宮。淳于棼看到一輛簡陋的車子，以前往來密切的王公貴族和富豪世家，甚至部下和侍從，竟然沒有一個人來送他。淳于棼嘆了長長的一口氣，坐上車子回故鄉。

車子走了幾里路，出現一座大城。沿路的山峰、河流、花草、樹木和道路，都和二十幾年前一樣。

雖然，景色和從前一樣，但是，兩位紫衣使者卻沒有以前的威儀了。國王對待自己，差別居然這麼大，使得淳于棼的心情非常低落。

他忍不住問紫衣使者說：

「什麼時候才會到廣陵郡呢？」

紫衣使者只顧著唱歌，根本不理會他，過了一會兒才說：

「就快到了，就快到了。」

果然，車子很快的駛出了一個洞口。

淳于棼伸長了脖子、瞪大了眼睛——

啊！熟悉的道路和村莊，景色還是和以前一樣。

淳于棼激動得流下了眼淚……

車子終於回到家門口，紫衣使者扶著淳于棼下車，走上臺階、進了家門。

淳于棼看見自己躺在堂屋東側的房間裡。他愈看愈害怕、愈看愈驚訝……他停下腳步，不敢靠近自己的身體。

這時候，紫衣使者不停的大聲喊著他的名字……喊著、喊著，淳于棼突然醒過來了。

他揉揉眼睛，看見家僮在院子裡掃地，兩位朋友還在洗手、洗腳。夕陽還沒有下山，放在窗戶邊的酒杯裡，還有沒喝完的酒。一切都和剛睡著的時候一樣，並沒有什麼改變。

淳于棼這才發覺，原來——這只是一場夢啊！在這短短的夢裡，他竟然過了長長的一生。

朋友看見淳于棼醒來了，立刻圍了過來。

淳于棼看了看朋友，想起這一場夢，心裡非常感慨，一連嘆了好幾口氣。他把夢裡的經過，一五一十的告訴了朋友。朋友聽了，都驚訝得說不出話來。

於是，大家來到大槐樹下，找到了一個洞口。

淳于棼指著洞口說：

「這裡就是夢裡走過的城門。」

淳于棼的朋友看了，認為是狐狸精和樹妖在作怪。於是，就叫家僕拿了刀子和斧頭，清除了

扭曲的樹根和雜亂的樹枝，想看看洞裡藏了些什麼？

大家看到離樹根約一丈遠的地方，有一個開闊而明亮的大洞。而樹根旁邊的土堆，樣子很像城牆和宮殿，裡面有很多小螞蟻。洞裡有一座小土臺，臺上有兩隻紅頭、白翅膀的大螞蟻，每隻都有三寸長。

數不清的小螞蟻，圍在大螞蟻四周保護著。看來，這就是蟻王和蟻后，小土臺就是大槐安國的京城了。

大家又找到一個約四丈長的洞穴，彎彎曲曲的通到南邊的樹幹。洞穴裡也有一個小土臺，土臺上有很多小螞蟻，這裡就是淳于棼擔任太守的南柯郡了。

大家又在西邊約兩丈遠的地方，找到另一個洞穴，四周堆著泥土，中央有些高低不平。高的地方看起來很像山，低的地方有一個斗大的空龜殼，龜殼上還長著茂盛的小草，隨著微風輕輕的搖擺著，這就是淳于棼打獵的龜靈山了。

東邊約一丈外的地方，槐樹的樹根扭曲、糾結著，樣子好像一條龍。

大家又找到一個洞穴，裡面有一尺多高的小土堆，這就是淳于棼安葬妻子的盤龍崗了。

淳于棼在老槐樹下，一一找到了符合夢境的地方，他邊看邊嘆氣。他請朋友和家僕，把剛剛挖掘過的地方，用泥土輕輕的掩埋起來。

這一天深夜，颳起了狂風，下起了大雨……

淳于棼被這一陣風雨驚醒了，看著狂風大雨，他非常擔心老槐樹下的螞蟻窩……

好不容易，天終於亮了。

這時候，風停了、雨也停了。

淳于棼趕快來到老槐樹下，一看——

啊！整個螞蟻窩都不見了！

淳于棼回憶起夢裡，曾經聽過「大槐安國將會發生大災難，京城一定會遷移」的話。

想不到，竟然真的應驗了……

淳于棼又想起了——夢境裡那個出兵攻打南柯郡的檀蘿國。

於是，他就請兩位朋友幫忙尋找。終於，在房子東邊一里外的地方，有一條已經乾涸的小溪，溪邊有一棵大檀樹。大檀樹上纏繞著很密很密的藤蘿，連陽光都穿不透。

大檀樹旁邊有一個洞穴，裡面

有個螞蟻窩，這多麼像夢裡的檀蘿國啊！

小小的螞蟻都這麼神奇，更何況是鳥獸和花草呢？更何況是林木和山河呢？

淳于棼看著老槐樹下的螞蟻窩，竟然有這麼大的變化。這讓他想起了住在六合縣的老朋友周弁和田子華，他們已經十幾天沒有消息了。淳于棼立刻派家僮騎著快馬，趕去探望他們。

家僮探望過他們以後，又騎著快馬回來了。

淳于棼急著問：

「我的朋友還好嗎？」

家僮氣喘吁吁的對淳于棼說：

「不好了！不好了！周弁大人幾天前得了急病，已經過世了。田子華大人也病了，這些日子都躺在床上養病。」

淳于棼聽了，長長的嘆了一口氣……

淳于棼做了一場南柯夢，除了難以捉摸的夢境，也體會了人生的短暫和起伏不定。

於是，淳于棼把酒戒了，他開始修身養性，好像變成了另一個人。

三年以後，淳于棼過世了。這正是夢裡，國王約好要來接他回大槐安國的日子……

知識萬花筒

小朋友，你曾經做過什麼夢嗎？有時候一覺醒來，發現那些令人開心或可怕的事原來是一場夢，而覺得惋惜或鬆了一口氣。就像故事裡的主人翁，最後發現所有的榮華富貴都只是在樹下做的一場夢。還有什麼跟「夢」有關的成語小故事呢？

・夢周公

常聽人家說睡覺叫做「夢周公」，這是什麼意思呢？周公是周成王的叔父，周公創立的禮樂制度，對周朝和後世有很大的貢獻，孔子因此非常尊崇他，時常出現在孔子的夢中。後來人們就將「夢周公」用來表示緬懷先賢，再引申為睡覺的意思。

・莊周夢蝶

有一天，莊子夢見自己變成一隻蝴蝶，他拍拍翅膀，果真飛了起來，他覺得很開心，忘了自己是莊周。不久他醒過來，對於自己還是莊周覺得很疑惑。他想，究竟是莊周做夢變成蝴蝶呢？還是蝴蝶做夢變成了莊周呢？這句話用來比喻人生就像一場夢。

・黃粱一夢

唐朝開元年間，有個窮困潦倒的書生，一次在旅店和道士相遇，書生感慨自己人生不得意，交談一陣子後書生想休息，道士給他一個枕頭並說：「你枕著枕頭睡一覺，就可以如願得到榮華富貴。」這時，旅店的主人正在蒸煮黃粱飯。

夢中，書生娶了大戶人家的女兒，仕途順遂，享受著榮華富貴。一會兒，書生伸伸懶腰醒來，發現自己仍然身在旅店中，而旅店主人的黃粱飯都還沒有煮熟呢！原來，那些榮華富貴都只是一場夢境。

《南柯一夢》的身世

《南柯一夢》原名為《南柯太守傳》，是唐朝李公佐的作品。這篇作品傳約一千兩百年了，對後世影響非常大，後來演變為成語「南柯一夢」。

李公佐的作品並沒有結集成書，《南柯一夢》選自《太平廣記》第四七五卷。《太平廣記》是宋太宗下令、由李昉等人負責編輯成書的，全書共五百卷，並有目錄十卷。

閱讀123